［俳句とエッセー］

八月の終電

紀本直美

創風社出版

俳句とエッセー　八月の終電

目次

ざらざらしてる

春の雪気づいたら眠ってるんです

団地ごと滑り台しよ春の土手

お別れのつまった体つくしんぼ

幸せのもみかえし茄子の浅漬け
紫陽花の着物にらめっこするだけ
とんかつのおともに白いハンカチーフ

お茶漬けは禁止よ義母と胡瓜もむ
ひょっとして彼ってちょっと熱帯魚
トラブルに巻き込まれたりレモン水

サボテンにワンルーム半分あげる

氷水いつも彼氏とくる彼女

汗だくの最寄り駅から迷宮へ

返信が早すぎる二人真夏の夜

紅き蟹深夜ラジオの波のなか

聞き違いの聞き違いの風死して

扇風機みたいな男の押印

夏の朝ざらざらしてる女子高生

草いきれふつうに家族いる暮らし

生ビール過剰な相槌兜町

歌舞伎町マイクロミニのサーフィン

夕立の潜入捜査永田町

文庫本開いてから寝る冷房車
友達の惚気いつまで残暑かな
ジャケットと彼氏が急にほしくなる

告白にダメ出す彼女アマリリス

花ホップ毎日先に寝るオトコ

一言の返事打てずに落花生

プロポーズしてもウソなり葉鶏頭

毒きのこ入れてしまって困ったわ

芋嵐つまらせてからの衝撃

太刀魚のフライ広島のサムライ
胸の中隠れた小さなナマコです
秩父からＳＬ響く虫送り

湯豆腐よ最愛の人いないけど

困ったときの女と白足袋

電車から手をふり友に初詣

青蜜柑想像してぎゅと目をつぶる

A型でもO型でも

血液型占いに夢中になったのは、小学一年生の時でした。年上の従姉たちにまざって、雑誌の血液型占いや血液型別相性の合う男子のタイプなどを、わいわい言いながら読んでいました。

「なおちゃん、何型なん？」

「A型！」

「なおちゃん、真面目で几帳面な性格だもんねー」

と、言われるがままに自分は典型的なA型だと思って、血液型占いに励んでいたのでした。

しかし、何かのきっかけで、自分の血液型が不明だということがわかったのです。おそらく小学校への提出書類を見たのだと思います。

母に聞くと、弟は、病院で検査をしてA型だとわかっているが、私は、生まれたときに血液型検査をしていないので、実際のところはわからない。しかし、父と母と弟、家族全員がA型なので、娘の私もA型だと思うとのことでした。今は子どもが生まれたら血液型検査をすぐにすると思いますが、当時、私は検査していなかったようです。

ある日、母に連れられて出かけると、そこは、市が行っている無料血液型診断会場でした。

会場には、お母さんに連れられた赤ちゃんや幼児がたくさん並んでいました。当時十歳だった私は、小さい子どもと同じ列に並ぶのが少し恥ずかしかったのを覚えています。採血されて泣き叫ぶ赤ちゃんがいるなかで、緊張しながら一歩ずつ列を前に進みます。

ようやく私の番になりました。腕をまくると、看護師さんが手際よく血をちゅーっと抜きます。そして、注射針から血をぽたっと小さなトレーに数滴落とし、検査液を垂らすと、すぐに結果がわかりました。

「直美さん、O型です」

ええーっ！

では、今までしてきた血液型占いは、すべて間違いだったのか！

私が愕然としていると、母がのんきに言いました。

「じゃあ、お父さんもお母さんもＡＡ型じゃなくてＡＯ型同士だったのねー」

いや、その前に、今まで違う血液型を教えてごめんなさい、ではないのだろうか。とつっこんでもよかったのですが、驚きのあまり、その気力もありませんでした。

従姉に、私がA型ではなくO型だったことを告げると、

「そうか、なおちゃん、O型なんだ。そういえば、明るくて楽天的な性格してるもんねー。獅子座のO型って、アイドルになるタイプなんよ。なおちゃんは将来アイドル歌手を目指すといいよ」

と、今までのことをコロっと覆して、再度、血液型診断をしていました。

血液型なんてどーでもいいんだ、みんな適当なんだ、ということを学んだ瞬間でした。それ以来、私は血液型や星座や占いなどに特に興味を持つことがなくなってしまい、今日に至ります。

血液型による性格診断から遠ざかっていた私ですが、久しぶりに性格診断をされる出来事がありました。

それは、二〇一三年二月に句集『さくさくさくらミルフィーユ』を上梓したことです。句集を刊行してからたくさんの感想の手紙を頂きました。そのなかに、句の解釈というより、私の性格判断のように書いてくださっている手紙もいくつかありました。

血液型診断ではないですが、この場合、俳句による性格診断というものでしょうか。ご指摘いただいた中には、私の性格をよくわかってるなあと思うものもあったり、いや、全然違っているんだけど……と思うものもあったり。

楽しくお手紙を拝読しながら、句の解釈をあーでもないこーでもないと盛りあがるトークと、血液型の話題で盛り上がる女子トークとは、同じ性質ではないかとふと思い至りました。

どちらも、対象相手を知るための手がかりという感じです。一番話が盛り上がるのは誰が何型かを考えること。当たろうが当たるまいが何の景品もありませんが、なぜか盛り上がる。これは、どの句を誰が作ったのかを推測する句会の楽しさと似ているのではないでしょうか。
私の血液型を知らない人に、私が何型かクイズを出すと、A型ですか？　と言われることが多いです。やはり、三つ子の魂百までではないですが、子どものときに、自分はA型だと思い込んで育ったからかもしれません。

（「船団」第98号）

だめだし

やばい！　乗り遅れた！

小田急線の新宿駅。ホームにつくと、ロマンスカーはすでに出発した後だった……。

友達が少ない私だが、ありがたいことに大学一年生のときに出会って以来の親友が一人いる。

大学に入学してすぐに入った演劇サークルで、制作のお手伝いをしていたときに出会ったのがきっかけだ。大学でもそんなに会っていたわけではなく、三カ月ごと一週間、劇団の公演のときに会うくらいだった。

友達は高校から演劇部の女優さんで華があり、私とは世界が違うなあと思っていたのだが、なぜかウマがあい、今でも交流が続いている。

普段は全然連絡を取らないのだが、数カ月から半年するとふと会いたくなる。そんなときに彼女の方からも暇？　という連絡が来る。なぜか会いたいタイミングがあう人なのだ。

会う方法もかなり適当。

学生の頃は大学近くの居酒屋だったが、三十代になってからは、日帰り温泉に行くようになった。しかし、どちらも仕事が忙しい身のため、前の日に深夜まで仕事をしていると、遅刻することもしばしば。

「ごめん、寝坊して間に合わなかった……」

と、私が友人にメールする。

「先に温泉入ってるから、露天風呂集合で」

新宿駅の集合時間にどちらかが間に合わないことは度々。

その場合、遅れた人を、あっさり置いていく。先についた方はひとりで温泉を楽しみ、遅れた方が現地で合流する。待つとか待たせるとかいう感覚がないのがスゴイ。

仕事や恋愛の重大事には必ず会って、あーでもない、こーでもないと意見交換。

二十年以上これを繰り返しているというのが信じられない！　これだけ長いと、疎遠になったり行き違いがあってもおかしくないが、彼女のコミュニケーション能力が高くて賢いからか、けんかや仲違いをしたという記憶もない。（私が単に忘れているだけかもしれないが）

あれやこれやの相談事は、少なくとも私に関しては、その結果が失敗していることが多いのだが、

「よかったよねーこのタイミングで決断して！　もっと後だったらもっともっと痛かったよね！」

と、賛美してもらって終わるというのが毎回の流れ。友達に言わせると、

「直美の趣味はダメ出しと反省だからねー」

とのこと。

その通り、私は、無駄に研ぎ澄まされた観察眼で、気づかなくていいことに気づき、勝手に失敗をして自滅するというパターンが多い。終わったことをあれやこれやと分析しては落ち込んでいる。

しかし、なにごとも、

「よかったよねー」

と、結果オーライなコメントをしてくれる楽天的な彼女のおかげで救われている。

ぐるぐるまわる

風光る金属片が飛ぶような
桜町スケッチ深夜の病室で
春風の瓦の上にいる空虚

鉛です体沈める春の泥
春みぞれ帰還困難区域へと
首の骨四番目から梅が咲く

女王蜂国会図書館地下深く
いすのうえぐるぐるまわるはちのうず
アップダウン長い一日魚は氷に

ぽとりぽとり物理している花椿
熱気球格納してる春の野辺
スコップが砂場にぽつり震災忌

いない子に名前をつけて夏の空

大粒の雹いつのまに家族減る

すねている天気とすねている金魚

子ども手に抱きたい夕立が降るから

空欄をそのままにしてかき氷

蛇皮を脱ぐ気持ちだけ軽くなる

分度器に祖父の名透けて夏休み
できることなにひとつない遠花火
箱庭で命令します拒否します

端居して和綴じの本を独り占め

不機嫌な過去とプールに忍び込む

ママとよばれて振り返りたい子どもの日

ドアの前立たされたまま誘蛾灯

トリニダード・トバゴ灼熱のドラム缶

歯がぽろり糸瓜忌にあったできごと

また産んで育てたくなる星月夜
一秒後千年先へ星流る
おしぼりに葡萄の汁と罪悪感

秋の昼三球三振する息子

厄除けに記憶の祖父の柊の花

こたつごと匍匐前進する世界

昔尼だったの今は白兎
ちゃめっけのある白いおじさんと闇鍋
いじいじの歯のない鮫とクリスマス

初電話経糸のような娘から

子宮のことば

産婦人科。初めていくのは妊娠したときと漠然と思っていた。それも、うきうきしながら。しかし、現実はまったく違う。あまりに体がだるいのでしょうがなく行ってしまった。

「初めてなんですけど」

私のイメージする妊婦でいっぱいの幸せな産婦人科ではなかった。市ヶ谷というオフィス街だから当たり前か。拒食症?と思うほどのカサカサした二十代らしいひとりと、更年期だなと思わせる憂鬱さをにじみだしている五十代と思しきひとりが待っていた。〝ホルモン注射いたします。あなたもツルツルお肌に〟という壁のポスターが目に入ってくる。エステサロンと見間違うほどの不自然な清潔さと、白とピンクで統一された配色の無機質さがかえって冷たく感じられる。

まごまごしていたら問診票を渡されたので、質問事項に答えを記入していく。

問診票の項目に、

《告知を自分で聞くことを希望するか》

ん？　告知？　脳みそが反応しない。考えたこともなかったことを聞かれてしばし戸惑う。そうか、産婦人科って乳癌や子宮癌もあるもんなあ……。大変だよな。女の人って。自分が女であることを思いっきり忘れ、人ごとのように適当に記入していく。自分がここにくるのはまだ早かったな、妊娠までとっておけばよかった、と考えるうちに名前を呼ばれた。

高級そうなファッションメガネをかけたおばさま先生が、ぐいっと私のお腹をへこませるように押しながら、

「あ〜ら。あなた子宮筋腫よ。若いのにめずらしいわね〜」

さらに、お腹に生あたたかいゼリーをぬられて、超音波検査をした。これって赤ちゃんがいるか調べる機械のはずなのに、私は筋腫を調べている。

違う！　何かの間違いだ！

さらに先生は畳みかける。

「ま、すぐにどうこうというわけではないけど、来月には手術ね。あと癌検査

もしないといけないから。ま、大丈夫よ。今まで私、誤診したことないから」

おばちゃん先生がしゃべっている言葉が耳には届くのだが、あたまに入ってこない。

「え？　筋腫って手術しないといけないほど大きいんですか」

「六センチあるわよ。妊娠四カ月ぐらいの大きさね。切るとお腹がすっきりやせられるわよ」

「私、太っているから気がつかなかった」

「あら〜。あなた太ってないわよ。筋腫のせいよ」

前から太っていると思っていたが、妊娠四カ月とは。昔、彼氏に太っているといわれたことがあったが、それって病気のせいだったのか。今さらやせるといわれても、もう二十七歳。遅すぎる。せめて昔の彼氏に、あれは私の怠慢ではなくて、病気だったことを伝えたい。

「いつごろからできてたんですか」

「まあ、なんともいえないけど、五年以上前からあるわね」

五年もの！

ということは、私は何年も妊娠していたことになる。（たいしたことなかったけど）私の青春をかえせ！　と叫びたくなってしまった。

「原因はなんですか」

「特にこれといった原因もないし、ご家族に筋腫の方いらっしゃる？」

「たぶん、いないと思います。入院はどのくらいかかるんですか。仕事があるんですけど」

「入院は二週間、その後自宅で二週間ってとこかしらねぇ」

「えっ！　一カ月も会社休むんですか。無茶な」

なんで、私が？

なさけなくて泣きそうになりながら、とりあえず気力をふりしぼってクリニックを後にした。来週は癌検査もしなきゃいけないのか……。三十分前に、女の人って大変だよなーと思ったのは、自分のことだった。ズルズルとブーツが地面をこする音がする。力が抜けて足がうまくあがらない。癌だったらという考えがあたまにはりついてはがれない。今まで好き放題やってきたし、思い残すことといったらなんだろう？　と、病院から会社にむけて歩きながら考える。

——特にない。どうしてもやりたいことといったら、結婚と出産だけど、今は、肝心の相手がいない。子宮筋腫がショックなのもあるが、それ以上にこの状況を相談する相手がいないことに、驚愕した。こんなのさびしすぎる。彼氏と別れなければよかった。この不安な気持ちを誰かにぶちまけたいのに誰もいないなんて。横断歩道でぼーっと信号待ちをしていたら、自分のとてつもないマイナス思考に気がついた。（ナニモカンガエナイ。ナニモカンガエナイ）と唱えながら、会社に向かって走った。はやく帰らないとお昼休みが終わってしまう。

デスクに座ってもぼーっとパソコンの画面を眺めるだけだった。はっと気がついて、電話をとる。部長の声がキンキン響いた。

「俺のメールみた？」

「え？　あ、まだです。すみません」

「新年会の日時。あれ何考えてんの！」

「え？　みなさんのあいている日にちを調べたらあの日しかなかったんですけど」

「ばかじゃないの。新年会っていったら仕事始めの一月五日に決まってんでしょ。社会人としての常識だよ。ジョーシキ！」
ガチャッ。電話が切れた。
何？　社会人の常識って？　私、癌かもしれないんだから。んなことかまってられっかっっ。筋腫ショックが部長の電話でたちまち怒りに変わってしまった。何が悲しくて、宴会係ばかりやらされてるんだろう。何でこんな仕事しているんだろう、私。だんだん自分の生き方自体が嫌になってくる。癌だったらどうしよう。癌だったらどうしよう。その言葉が、知らないうちにすりかわっていく。このままひとりだったらどうしよう。このままひとりだったらどうしよう。

結局山積みとなった仕事を機械のように片付け、いつも通り残業をしてしまう自分が悲しい。こんなときぐらい帰ればいいのに、仕事漬けな毎日が体にしみついている。

心身共に疲れきった体をおこして、フラフラと席を立ち、タイムカードを押す。あー十時すぎてる。また思いっきり仕事しちゃった。だからいつまでたってもひとりなのかなあ。そこでまた不必要に落ち込んでしまう。

帰り道、一時間半かけて郊外の自宅まで帰る。そういえば、通勤時間が一時間を超えるなんて、世界的に異常なことだって誰か言ってたなあ。それも疲れやストレスの原因だろう。こうなると何もかもがストレスという名の子宮筋腫の原因に思えてくる。

ひとりでいると、どんどん暗いことばかり考えて駅のホームから落ちかねない。多くの人に迷惑をかけてしまう。携帯を取り出して友人に電話をかけまくる。

「きいてー！　私、子宮筋腫で入院手術するの。癌検査もしなくちゃいけなくて、ほんとこれでもかって感じ」

今まで歯医者と目医者くらいしかいったことなかった私には、手術をするなんてあたかも不治の病にかかったような気分で話をする。

そこで意外なことに気づく。友人のほとんどが、「実は私も生理よく止まるよ」「友達に子宮おかしくて入院した子いる」「ホルモンバランス崩れてて、薬飲んでる」と、今まで人に言わなかった体の不調を教えてくれた。長時間働いている女性たちにとって、大変身近な話らしい。子宮のことばに耳を傾けてこなかった私にやっとSOSが届いたということだろうか。

友人に愚痴を聞いてもらい、誤診ではないかと別の病院でセカンドオピニオンを聞き、ついに観念した私は、現実を受け入れて入院。

手術は無事終わり、と言いたいところだが、現実は甘くなかった。

手術自体は一時間くらいの簡単なものだったらしいが、全身麻酔が覚めると、お腹に激痛が。その後も出血が止まらないらしく、深夜に、病室のカーテンがシャーッとあき、

「様子を見ますが、再手術かもしれません」

と、先生。

それからの不安たるや！

簡単な手術のはずなのに！　話が違う！

イタイイタイと大騒ぎしたら、鎮静剤を打たれたのか、気づいたら翌朝になっていた。どうやら再手術にはならなかったらしい。

一週間で退院できるはずだったが、熱が引かないまま。

しかも、何をしたかわからないが、同じ大部屋のドンである老女の逆鱗に触れたらしく、おばあちゃん三人組にいじめられ、私の名前を出さずに、私らしき人

の悪口を大きな声で言われる始末……。

大部屋の暗黙のルールを破ってしまったと思われるが、何をしてしまったのか、いまだにわからない。一人だけ二十代だったから？　それとも癌などの重病でないからの嫉妬だろうか？

十日経ち、熱が下がりきっていなかったのだが、先生に無理をいって退院して自宅安静で家で寝たきりに。

翌日、高熱を出し、夜に病院に連れて行ってもらい、そのまま再入院！

ありえないーー！

私が運ばれた先は産科病棟だった！

「婦人科病棟が満室なので、産科のベッド使います。若いからなじみますよ」

（そういう問題じゃないから！）

研修医の頼りなさそうなお兄さんに微笑まれても……でも、お腹が痛いのと、熱で苦しくて言い返す力がない。

社交的なおばあさまたちが多い婦人科と違って、産科は大部屋でも一切の交流なし！　よって、いじめられることもないが、どのベッドもずーっとカーテンが閉まっていて、どんな人が寝ているのかわからない。それはそれで息が詰まった。夜になると携帯の光がちらちら蛍のよう。

「子持ちの主婦」が私の唯一の夢。廊下ですれ違う妊婦さんを見ながら、うらやましいな〜と指をくわえて見ているという自分に、はっと気づいて自己嫌悪になる。妊婦じゃないのに、産科に入院するなんて、まったくなんの罰ゲームなんだか！

当初は二週間の予定が、婦人科病棟と産科病棟あわせて一カ月近く入院。その後、二週間家で安静にして、ようやく仕事に復帰した。

退院時に、諸悪の根源である子宮筋腫のポラロイド写真をもらった。白くてまん丸の十二センチの筋腫の塊が写っていた。

最初に診断してくれた先生は六センチと言っていたが、倍の大きさだった。誤診はしたことないって言ってたのに……。

十二センチを摘出したが、それほどお腹は引っ込まなかった気がする。

ひよこかな

春スキー勘とか縁とか思いこみとか
蝶々の内緒話の中心へ
春の土バレエシューズのつま先で

お花見をしたいね意味のないLINE
花見人空におぼれて見失う
向き不向きできれば春は南向き

花の酔ふたごもどきがふたりのり
言葉から骨格透けて春の終わり
蝶々と仕事がなくなってるんです

猫の恋そうか新手の詐欺なのか

水温み素直なカーブの背中かな

花曇りお空にゾウがいるような

包丁をすとんと落とす春の裸婦

ゆうだちのわけのわからぬとこがすき

来ない人待ってる炎暑の電波塔

熱帯夜程度にちょうどいい微熱
冷ややっこ泣いたあとにはにらめっこ
ねばりとかがんばりとかと夏を病む

家軋む音を聞きつつ夕涼み

蚊帳の中同じ角度で寝る姉妹

空と海大の字にしてあめんぼう

そら豆の背中をそっと押してやる

梅雨の月信号を待つ深海魚

二の腕をつかんでねる子に夏布団

迷路のような彼女横浜は夕立

渋滞も高速もあり星の橋

送り火を焚かれ広島遠くなる

秋分の日には透明水彩画
うすら寒次から隣座ったら
あちこちをつつくきつつきすっとする

やや家族小さな旅館の里祭り

茄子の馬の王子様ですお断り

すきすすききらいもすすきすきもすき

風紋が月に帰ってしまわぬうちに

笑茸ふとしたときに落ちる水

くっついたままほっといてほしいあき

あ、残暑見舞い忘れて家の中
マスカットの一方的な言い逃れ
あの人は意味不明なのバッタはねる

ぎゅううってしろよ札幌雪祭
熱燗はきりがないからうちにいて
すきなのは雪の結晶とけるまで

ひよこかな優しいなにかいる感じ

紀本直美の俳句ブログ史

「句集を出すなら、ブログをした方がいいよ。句集の宣伝もできるし、便利だよ」

二〇一二年、十月下旬のこと。友人からの一言にハッとした。パソコンは苦手で、インターネットは天気予報か交通案内にしか使わない私。しかし、その時、三カ月後に初めての句集『さくさくさくらミルフィーユ』を刊行することが決まっていたのだ。確かに、句集を作ることばかりに頭がいって、その後の宣伝など全然考えていなかった。また、近い未来に引っ越すことが決まっており、奥付に住所を載せるよりURLの方がいいなと思い、ついにパソコンが苦手なこの私が、ブログを始めることを決心。

ブログをしている友人に登録の仕方などを教えてもらい、「紀本直美の俳句ブログ」と命名。内容は、自作の一句とそれに関しての短いコメントと写真を掲載することにし、私の『インターネットと俳句生活』が始まった。

二〇一二年十一月十一日、ブログに初投稿！　何か変わるかもしれないと緊張する。……が、当然ながら何も変わらず。翌日、ブログの訪問者数を確認すると、「0」という数字。緊張して投稿したのに……と、愕然とする。グーグルに「紀本直美の俳句ブログ」と入れて検索するが、ヒットせず。インターネットに詳しい友人に聞くと、検索して出てくるには、ブログを開設して一週間くらいはかかるとのこと。検索しても見つからないブログがあるとは……初めて知ることばかりだ。また、友人からのアドバイスにより、「ブログ村」という、ブロガーのランキングサイトに登録。俳句のブログを書いている人のランキングに登録する。

この頃は、ブログを続けられるかどうか不安だったので、水曜日と土曜日の週に二回の更新。閲覧数は一日二件のみ（友人と弟）。なかなか楽じゃないなあと痛感。とりあえず、句集刊行までは続けよう、と自分を奮い立たせる。

二〇一三年二月、句集を刊行。句集にＵＲＬを載せたことにより、訪問者数が百以上になり、大感動！「ブログ村」のランキングは、四位にまで上がる！

毎日、増えたり減ったりする閲覧数に一喜一憂する。顔を知らない人からブログにコメントを頂くというのは、初めての経験。どこのどなたか、年齢など何もわからない人と交信するのは不思議な気持ちだ。

二〇一三年六月、旬集刊行からお祭り騒ぎ状態の三カ月が経つと、閲覧者数も波を引くように少なくなる。週二回のペースは意外と余裕だったので、地味に、週三回に更新回数を増やしてみる。しかし、閲覧数は変わらず。というより減る一方。「ブログ村」のランキングも九位から十二位を行ったり来たりで、寂しくなる。

二〇一三年六月中旬、大学の恩師を訪ねる。大久保孝治教授は有名なブロガーで「フィールドノート」というブログを毎日更新されている。先生のブログはカフェでの食事など魅力的な写真と文章を掲載されていて、充実した内容に驚くばかりだ。（是非、読んでみてください！）

研究で忙しい中、ブログを毎日更新するのは大変ではないかと聞くと、

「習慣にすればいいんです。私の場合は朝起きたらすぐにブログを書いています」

と、難しいことをサラリと仰ったのである。そして、ブログを書くという行為は、なにげなく流れてしまう毎日に輪郭をつけるということであり、他者を意識しながら文章を書くという行為を毎日することは、筆力を上げることになると教えてくださった。また、毎日更新すると、閲覧数が上がるのだそうだ。

（そうかあ……習慣にすれば楽なんだ……って、習慣ってすごく大変だし！）

と、思ったのだが、このタイミングで大久保先生のブログについての考察を聞かせていただいたのは、天啓であると思い、まずは、一日おきの更新にペースアップする。その代わり、負担が大きかった写真の掲載を止めることにする。

二〇一三年七月より、ついにブログを毎日更新することにする。仕事で忙しいときも、そうでないときも、必ず毎日更新する。誰に頼まれたわけでもないのに、きちんと締切を守るという習慣がついたようである。

二〇一八年現在、ブログを始めてから五年が経った。私の『インターネットと俳句生活』の最大の収穫は、俳句を毎日作るという習慣がつき、句数が増えたことだ。時には、句作が思うようにいかず、エイッと勢いだけで投稿することもある。そんな句が読者の方に誉められることもあるのがブログの面白いところ。出来不出来はあるが、作らないより作った方がいいと思い、更新を続けている。また、ブログのご縁で新しく友人ができたことも、うれしい収穫だ。デメリットは……今のところ思い当たらない。

東京船団のフォーラムに参加し、秋月祐一さんの話を聞いて、ツイッターもやってみることにした。なんとか、ブログとツイッターを連動させ、秋月さんに教えてもらい、俳句関係を中心にフォローもしてみた。

いろいろやってはいるが、私自身のＩＴ苦手意識は相変わらず。インターネットですることといったら、ブログの更新と交通案内検索と天気予報を見るくらいである。

（「船団」第102号）

リセット願望

俳句をはじめて、十年を超えた。

何をしても長続きしない私だが、俳句だけは続いていることが奇跡に近い。

子どもの頃は、良くて「好奇心旺盛」、悪くて「飽きっぽい」と言われ続けた。大人になってからは「リセット願望が強い」と呼び方が変わったが、要するに、何をしても続かないという意味である。

興味がいろんなことにありすぎるというのはいい解釈で、堪え性がなく、人間関係のストレスに弱いというのが真相だ。

学生時代のアルバイトはテレフォンオペレーター、ハンバーガーショップの店員、劇場の売店の売り子、家庭教師、いろいろやってはみたが、どれも続かず、もはやすべては思いだせない。

社会人になってからも数回転職している。一番長くて七年勤めた会社があったが、部署が毎年変わっていたから、毎年プチ転職していたようなものだった。

二社目で編集の仕事をしていたときのこと。

坪内稔典先生の『短歌カード』を担当することになった。打ち合わせのときだったか、その後の食事のときだったか、坪内先生に、

「船団に入りませんか?」と、声をかけていただいた。

「船団」に入ることがどんなことか特に考えていなかったが、著者の先生から何か提案して頂いたら、断る選択肢など考えられない。好奇心旺盛なため、基本なにか誘われたら断るなんてもったいないと思うタイプでもある。これも次の仕事につながるのかなと思い、上司と一緒に入会。上司からも会費を預かり、自分の分の会費と一緒に振り込みをしたら会務委員の陽山道子さんからお電話があった。

「自立した会員なのだから、これからは別々に振り込んでください」

何が悪いのかわからず、そのまま上司に報告した記憶がある。

その会社も続かずに辞めてしまったのだが、奇跡的に「船団」は続いている。

なぜ、俳句だけ続いているのか?

私はものすごくネガティブな性格なので、少しでも時間があると、頭の中は自

分へのダメ出しと過去の良くなかったことが頭をぐるぐる回ってしまう。

しかし、俳句を考えていると、その間だけ、エンドレスな自分へのダメ出しをしなくてすむので精神衛生上助かっている。しかも、ネガティブ思考の断片が俳句の素になっているので、ある意味お得だ。俳句を始めてすぐのときに思いついた句。評判がよかったので句集『さくさくさくらミルフィーユ』に収録した。

お互いの不幸に拍手するアシカ

あ！　今、気づいたのだが、俳句を続けていられるのは、常に新しい作風を狙って、リセット願望を是としているからかもしれない。新しい俳句表現を模索する……ということは、俳句をリセットして新しくするということ。その感覚がリセット願望のかたまりである自分にあっているのだろう。

人生はリセットしまくっているのだが、俳句だけはまだそれほどたいしたリセットができていない。

そんなに簡単にリセットできる程、俳句は甘くはないのだ。

正一君のいた商店街　——高円寺吟行レポート——

「なんで汽白さん来てんのよ！　予約した？」

二〇一五年二月十一日、快晴。高円寺駅の南口につくなり、三宅やよいさんや桑原汽白さんの元気な声が飛んでくる。そこには大阪船団組のはつらつした面々が。ほどなくして、坪内稔典先生、黒いジャケットに赤いマフラーでキメたねじめ正一先生が登場。当日飛び入りも含め、三十二人の参加者が集う。

午後一時から高円寺純情商店街をねじめ先生の案内で散策。暖かい早春の陽気と、青い空にくっきり飛行機雲がお出迎えしてくれる。商店街のメイン通りは、ねじめ先生の小説の舞台の面影がほとんどなく、老舗の米菓屋「相模屋」にはシャッターに「閉店しました」の張り紙。メイン通りを半分くらい進むと、小さな写真屋がある。ねじめ先生の住居だったところだ。

メイン通りをはずれて、ねじめ先生がずんずん歩いていく。そのあとを十数名がぞろぞろついていくと、昔映画館だったという古い駐輪場。その先の、小さなビルの狭い入口扉を開けるとワンダーランドな「大一市場」。ラーメンの匂いや、乾物の匂いがぶわっとたちこめる、うなぎの寝床のような市場だ。ひとりでは絶対入れないような小道を、みんなで分け入る。駅近くの路地裏でぱたっと止まり、

「ここだけ知ってればいいから。高円寺っていったらここだから」

と、ねじめ先生。

古い居酒屋のドアに「bar akachan」と書いてある。こげ茶のドアのガラスは曇っていて店の中はよく見えない。大江健三郎、唐十郎らが通っていた当時の文壇バーだ。

散策の最後は「御菓子司　島田」。高円寺で一番古い和菓子屋のご主人がねじめ先生の同級生とのこと。品の良いご主人が出てきて、ねじめ先生と旧交を温める。現在は、高円寺の消防副団長をしているそうだ。坪内先生が、桜餅・鶯餅など、句会用にお茶菓子を三十数個購入。「古さと親しみやすさが茨木の商店街に似てる！」という感想が大阪組からちらほら聞こえる。

あっという間に二時になり、駅前の公民館に戻り句会。

選者は、坪内稔典先生、ねじめ正一先生、池田澄子先生。

ひとり三句選、選者は十句選。緊張した空気の中で、みんなの挙手を三宅さんが数える。○点や一点が続き、たまの高得点にみんなどよめく。

特選八点　ちくわの穴くぐって春の商店街　千坂さん

特選八点　春めくや純情という可燃物　中原さん

　五点　純情をはずれて散歩春キャベツ　中原さん

　五点　ずんずんと路地は昭和に春の風　おおさわさん

坪内特選　ぽこちんにしょう油が落ちた春淡し　おおさわさん

ねじめ特選　初午やはじめての方ほぐします　あざみさん

池田特選　春昼のちくわの穴に眠りたし　千坂さん

「ちくわの穴をくぐるがいい」（ねじめ評）「ちくわの穴をくぐるのはいただけないが、ちくわの穴に眠るのはよくわかる」（池田評）「純情という言葉をいい感じで表現している」（坪内評）「純情をはずれるという表現が正しくないのでは」（池田評）など選者の意見が分かれ、活発な議論が交わされた。千坂さん、中原さん、おおさわさんの大阪組に東京組が終始押されっぱなし。選者賞として、ねじめ先生のサイン入り著書が贈られた。

（「船団」第105号）

喪中ハガキ

二〇一四年十一月十九日、祖母が九十四歳にて永眠いたしました。

祖母は広島県竹原で生まれ、呉の造船所で戦艦大和を造る仕事をしていた祖父と見合い結婚をしました。

戦時中に長女を産んだ後、造船所のある呉は米軍の大爆撃を受け、空襲のなかを命からがら生き延びました。八月六日、広島市内に原子爆弾が落とされ、ぴかドンにあった人が熱風でただれた皮膚をぶら下げながら呉まで歩いてくるのを見ていたそうです。終戦を迎え、焼野原になった呉に一軒家を建て、その後、次女と三女を授かりました。伯母たちの話によると、祖母はとても教育に厳しい母親で、三女である私の母を、当時の呉では珍しく、女子大学へも進学させました。長女と次女は広島で、三女は東京で嫁ぎ、祖母は全部で六人の孫と五人のひ孫に恵まれました。

盆暮れには、母と私と弟が必ず広島に帰省して、祖母の出迎えを受けるのを楽しみにしていました。

「ただいま！　おばあちゃん帰ったよ！」

と言うと、かっぷくのよい祖母が、玄関口にやってきて、

「なおちゃん、ようきた、ようきたねえ！」

と、力強いハグ！　そして、東京では食べられない新鮮な瀬戸内の魚と牡蠣をたくさん料理してくれるのです。私は酢牡蠣が大好きで、ぺろりぺろりと平らげていました。

　祖父と祖母が東京に来たのは、昭和天皇の崩御の前が最後になりました。はとバスに乗り、皇居で天皇陛下のお見舞いの記帳をしたのを覚えています。小学生の私も祖母を見ながら、自分の名前を記帳所で書きました。なんのために、なぜ書くのかもわからずに。

　十三年前に祖父が他界してからも、「子どもらに迷惑をかけられん」と、ひとりで暮らしていました。

　洋裁が生き甲斐で、母が生地を買って送ると、娘や孫のためにせっせと洋服を

作ってくれる、とても働き者の祖母でした。いまだに、祖母が亡くなったという事実が信じられません。呉に帰れば「ようきたねえ！」といつものように出迎えてくれる気がします。

新年の欠礼をお詫び申し上げるとともに、みなさまに良い年がおとずれますよう、お祈り申し上げます。

作りかけコートの縫い目祖母の指　　直美

ふてねしている

屋根裏のなにかがきしむ春の風邪
ちょっとだけふてねしているさくらもち
春の雨そして追いかける展開

受難節お勤め人に肩を貸す
つくしんぼおしりとおしりの境目に
しらじらと被曝してゆく梅白く

誘惑に弱いんですとさくらんぼ

大さじと小さじ半分ずつ五月

秒針が震える前の夏の霧

風薫るぼーっとまってるのがすき

異人館スタッカートで梅雨晴れ間

ごめんタイプじゃないけど浴衣

内臓がお休みしてる朝曇り
二度裏目になる確率の夕立
がんばるとがんばらないの溝に蟻

血管がゆっくりうきでて夏足袋へ

脱臼をしたの山椒魚なのに

水玉の女の謎を解く男

幸薄い人から青梅の差し入れ

不機嫌を圧縮してるソーダ水

一列に梅雨宿りして東慶寺

要するに怠け者です油照

口づけの二度づけ禁止海女もぐる

マンホール食べたくなっちゃう炎天下

スコールを小分けにパックして記憶
太陽をぎゅっとしぼってレモネード
小さな夜を胸に抱えて海月かな

帰省する幼子と窓はんぶんこ

泥酔の女が見ている居待月

朝寒し腰に回した手の重さ

鰯雲鯛になりたいゆるやかに

夫婦の日いくつも名前が消えました

芋の露がっかりさせるのが特技

にえきらぬあいつほっけのみをくずす

紅葉映ゆ宮沢賢治の童話集

ハロウィンこちらは死んだドン・キホーテ

マロンパフェ彼女はマロンから食べる
あきうららにえんきってをなめたから
奥さんが謎掛けしてる秋の果

焼き加減なんどもきくな茄子なのに
ひととしてきのうのおちてゆく寒波
一葉忌二度目の人生だと思う

うしろゆび名残の空にうそ字書く
ひとつずつネガを透かして去年今年
侘助がはじめて瞳とまった日

彼の人は鹿の解体いつも留守

お歳暮を自分に贈るウチの姉

できたての廃墟でなまこのおさんぽ

想像の家族と過ごすお正月

たーくんと鉄棒

小学二年の四月、わたしは八王子市立中山小学校に転校しました。

転校初日、ガラッと教室のドアを開けると、一番前の窓側の席に不思議な少年が座っていました。広いおでことすらっとした手足、特に印象的な長い指。

わたしは、すぐに、その少年と友達になりたいと思いました。

それが、たーくんとの出会い。たーくんは生まれてすぐに病気で失明し、補助教員をつけて普通学級に通っていたのです。

好奇心のかたまりのようなわたしは、今まで出会ったことのなかったユニークな少年の観察を始めました。

おどろいたこと　その一

耳がいい。

どんな声色を使って「たーくん」と呼んでも「直美ちゃんでしょ」とみやぶってしまうのです。そのうち、わたしの足音を聞きわけて、走って近づくだけで、「直美ちゃんがきた」とあてられるようになりました。

おどろいたこと　その二
常にリズムをとっている。
座って授業を受けているときも、いっしょに遊んでいるときも、頭をリズミカルにふっていました。当時のわたしは見えない何かとコンタクトをとっているように思えたのでした。今、思えば、音楽の神様と交信していたのかも！

おどろいたこと　その三
ゆっくりでも必ずやりとげること。
目が見えないからやらないということは、基本的になかったです。たーくんと同じクラスでいっしょに勉強したことで、わたしは障がい者に対する考え方や接し方を自然に教えてもらったと感謝しています。

教えてもらってばかりのわたしでしたが、たーくんに教えたことが、ひとつだけありました。

それは、鉄棒。

体育で、鉄棒の授業があり、たーくんはさかあがりができなかったのです。なんでもいっしょにやってきたたーくんが鉄棒ができないのはおかしいと、当時のわたしは考えました。

おせっかいなわたしはたーくんと鉄棒の特訓をしようと決めたのです。さかあがりは難しかったので、鉄棒に百秒ぶら下がるという目標をたてました。

「もういいよう、やめようよう」

と、いいながらも、たーくんは、放課後、毎日のように鉄棒の練習をしました。

一カ月程経ってから、最後にたーくんのお母さんの前で発表をしたのです。

百秒間、見事鉄棒にぶら下がり、たーくんが地面に着地しました。

「やったよ！　やった！」

と、たーくんはぴょんぴょん飛び跳ねました。その場で見ていたクラスメイトも歓声をあげました。

そして、たーくんのお母さんが涙ぐんでいらしたのを、今でも鮮明におぼえています。

小学生の頃は、たーくんはピアノが上手だということを知っている程度で、けがも恐れずたくさん遊んだ記憶があります。

それから二十年経った今、たーくんこと、梯剛之《たけし》くんは、ロン＝ティボー国際コンクールで二位に入賞し、ピアニストとして国際的に活躍しています。

たーくんのリサイタルで、素晴らしい演奏を聴き、その演奏を生み出す長い指を見るたびに、鉄棒で指をけがしなくてよかったと、小二の頃を思い出します。

（『天恵の音楽──夢の世界へのかけはしたけしの輝ける音色──』）

慣れたくないもの

電車で立つのが苦手だ。

貧血ですぐに立ちくらみがしてしまうのだ。

ひどいときは、目の前が真っ暗になり、吊革につかまった状態で一瞬気を失うこともある。会社の飲み会の帰り、先輩と同じ方向だったので吊革をもって隣同士に立っていた。たちまち気持ち悪くなって、目の前がブラックアウトしそうになった。

苦手な先輩だったので気持ち悪いと言い出せず、ぎりぎりまで我慢して、うっと思った次の瞬間だった。駅が二駅過ぎていて、先輩は既に降りたらしく、隣にはいなかった。その途端、私は満員電車でしゃがみこんでしまったが、周りの人は誰も声をかけてくれず、ましてや席を譲ってくれる人などいなかった。

とにかく、電車で立つのは危険だ。四十分はかかる通勤の電車はなんとしても座らなければいけないので、比較的すいている先頭車両に、乗る電車の一本前から並ぶようにしていた。

仕事帰り、疲れた体をひきずって、先頭車両にようやく席を確保した。電車にゆられてうつらうつらしていると、

「ドンッ！　キキーッ」

大きく鈍い音がして突然電車が止まった。電車は明大前駅についていたが、ドアは閉まったまま。車内はしーんと静まりかえっていた。誰も声を発しないが、きょろきょろ周りを見たりと、不安げな顔をしている。言葉にされることはないが、それぞれの頭の中に、

（もしかして、人身事故……？）

と、思い浮かんだに違いない。

「只今、緊急のトラブルが発生致しました。しばらくそのままにてお待ちくださいい」

車掌の緊迫した声が流れる。その瞬間、凍り付いていた車内の乗客が一斉にスマートフォンをいじりはじめた。ツイッターやＬＩＮＥで情報を拡散させてい

る。特ダネと言わんばかりに、にやにやしながらスマートフォンを操作している人もいた。

十分ほど経っただろうか、私の前に立っていた大学生らしき男の人が友人に向かって、

「マジめんどくせー。早く動かねーかな」

私はそれを見て、胸の奥がきゅうっとしてしまった。今、すぐそばで命を絶った人に聞こえたら……。

「死ぬときくらい迷惑かけんなよな。賠償金とか半端ないらしいし。京王線儲かるんじゃゃね？」

と続けていた。

車両には、たくさんの乗客がいたが、そのうちの何人が悲しいと思ったのだろうか。いろいろ頭に思い浮かべていると、電車のドアが開いた。

振替輸送のアナウンスが流れ、どっと人が電車から流れ出していった。

私は、そのまま席に座っていた。急ぐ用事もなかったし、動く気がしなかったのだ。心の中で手を合わせて、黙とうを捧げた。

人身事故はどんどん増えている気がしている。自分が乗っている路線だけでなく、首都圏の路線の人身事故情報も出るようになったから、増えたと感じてしまうのかもしれない。

初めて人身事故という言葉を知ったときは小学生だっただろうか。父の職場の同僚が京王線に飛び込んだという話をきいて衝撃を受けたのを覚えている。

それから何十年も経った今は、人身事故という言葉を聞いても何も思わない自分がいる。人身事故に限らず、自分が気づかないうちに、何かに慣れて誰かを傷つけてしまっているかもしれない。

この事故に遭って以来、人身事故の電光表示を見ると、黙とうを捧げている。またかと慣れてしまわないように。

コトバころがる

「バスのったね！　トンネくぐったね！」

たっくんがしゃべった！

すっごくかわいい、小鳥が鳴くような声。たっくんはもう三歳。私の従姉の息子だ。親バカではないが、親戚バカのため、すごくイケメン。とくれば、将来有望なはずだが、実はまだあまり話せないため、親族一同が心配しはじめたところだった。心配はしているけど、従姉に気をつかって誰もそのことは口に出さない。一番気にしているのは母である礼子姉ちゃんだから。

一年ぶりに帰省した広島で、私と母と三歳のたっくんとバスに乗り、商店街まで買い物にいったのだ。

たっくんは、せき止められたコトバのダムがついに決壊したらしい。コトバがあふれて止まらない。高くて小鳥のような細い声。イケメンな顔立ちとギャップがあって、みんなの笑いを誘ってしまう。

「バスのったね。トンネくぐったね。バスのったね。トンネくぐったね。バスのったね。トンネくぐったね……」

「どしたん？　たっくん。楽しかったんねー。よかったね」

礼子姉ちゃんが目をまるくした。

「たっくん、ケーキかったよね」

と、私がいった。たっくんが目をキラキラさせて、

「ケーキかったね。おいしかったね。バスのったね。トンネくぐったね」

おおっ。一気に語彙がふえた。

たっくんは今の瞬間、コトバを話すというコツ？　きっかけ？　をつかんだらしい。

「たっくんに何したたん？　どうやって言葉をおしえたたん？　直ちゃん、おしえて」

私も驚きながら、

「いや、何にもしてないって！　ただ、バス乗ってきただけ！　昔、じいちゃ

んがひろき（私の弟）とバスにのって本通りに買い物にいってたから、それ思い出してやってみたんだ。おっとりしたひろきだったけど、じいちゃんと買い物にいくときは嬉々としてバスのってたもんね。で、必ずミニカー買ってもらってた」

たっくんは、一年ぶりに会った私と、バスにのって本通り商店街にいくという未知の体験の連続で、頭の中のどこかが感化されたみたいだ。

いつも、自分のママに家の車のチャイルドシートにのせられて、同じスーパーにいっているけど、それとはえらい違いだったのだろう。初めての実感できる買い物だったのかもしれない。

実感のある大切なコトバがたっくんからぽろぽろでてきて、その場にいた親族全員がそれをひとつひとつ確かめている。

まるで部屋中にたっくんが話したコトバが散らばって一緒にいるよう。私もコトバが実感をもってころがっていくように話してみたい。

私がたっくんにコトバをおしえてもらった日になった。

いきはしとるよ

木瓜の花ますます白く被曝地帯

野に遊ぶ身体の中の境界線

裁判所少し離れて草青む

指いっぽん触れずに落とす桃日和
満開の桜こころの蓋ぽかり
切り替えのできない女の雛あられ

息をとめ桜トンネルゆく息子

さくらもちくらべるもののないせかい

二分咲の桜に連動して走る

校門から駆け上がってくる新学期
震災忌大地が一瞬白くなる
写真立てまた泣かしたよ春雷に

朝焼けの始発部活のにおいして

親友が独身になる風薫る

深夜二時交差点から光る蛇

ＡＩに始末書を書く文化の日

鬼胡桃指輪はいらぬ薬指

他人事が他人事でない万燈会

金木犀布団かぶって泣くつもり
街路樹の夜の野分のまっぷたつ
この部屋にいるのだろうか虫の闇

秋の午後倉庫の横でキャッチボール

体重を少なく申告して夜食

座ったら動かぬ女望の月

木の芽和え嫌なことだけ言ってくる
朧月ひどく血管が浮きぼり
月食を見てと二人からのＬＩＮＥ

ねこじゃらし手招きしてる駐車場
いきとるかいきはしとるよ芋の露
月みてる出前が走る世界中

底冷えの階段のぼってチョコレート

玄関に入れば知床の流氷

キスにキスインフルエンザのいない間に

容疑者は冬季限定ラミーチョコ

のびのびとすきまひとりじめ仏の座

初詣背後から指令出す娘

お花見みたいにさいごの晩餐

最高に赤い年

二〇一六年十一月五日、私は母とふたり、新横浜駅から始発の新幹線に乗っていた。いつもなら、座った瞬間眠ってしまうのだが、この日だけは目が冴えていた。本を読んでも気がそぞろで、ずっと窓からの景色を眺めていた。

もうすぐ広島駅に着く。

そろそろ降りる準備をはじめよう……立ちあがると、なんと同じ車両のほとんどの乗客が広島カープの赤いユニフォームを着始めているのだ！　負けていられない！　と思った私も、慌ててバッグからユニフォームを引っ張り出して上着の上に羽織った。

今日は、広島東洋カープが二十五年ぶりにリーグ優勝をして、その優勝記念パレードが広島市内で行われるのだ。仕事を無理やり休み、日帰りの強行軍で駆けつけた。

広島駅に着くと、すでに赤い人の波が市内に向けて流れていた。

「よう来たねえ。広島はえらい騒ぎじゃけん」

と、いつ子さんが駅まで迎えに来てくれていた。いつ子さんは、母の高校時代からの親友でかれこれ五十年の付き合いになる。

「四十年前、パレード見た気がするんだけど、覚えとる？」

母が聞くと、

「それが、なんにも覚えとらんのよ！」

ちなみに二十五年前の優勝時にはパレードはなかった。パレードが行われるのは一九七五年以来、実に四十一年ぶりのことなのだ。

私もいつかは今日のことを忘れてしまうのかなあと思いながら、ふたりの止まらないおしゃべりを聞き流しつつ、ちんちん電車に乗った。パレードの終点近くにある橋へ向かうと、すでに赤い人だかりができていた。広島人ののんびりとした雰囲気でどこからともなく談笑が起こっている。カープが好きだというだけで隣の見知らぬ人と話ができるのだから不思議だ。

子どもの頃、癌で臥せっていた祖父と話すのはいつもカープの話だった。耳が遠かった祖父はラジオを大音量にしてイヤホンで試合の中継を聞いていた。

「カープはどうね？」

と聞くと、祖父は「ヤンキーがだめじゃ」と決まって答えた。（すべての外国人選手をヤンキーと呼んでいた）

子どもの頃は楽しいことがたくさんあったし、カープは弱くて負けてばかりだったから、そんなに面白いかなあとしか思わなかった。

しかし、三十代後半になった私は辛い出来事が多く、気がついたらカープが毎日の楽しみになっていた。特に、二〇一五、六年はこれでもかというくらいの暗黒な年だったので、カープが勝つことが無性にうれしかったし、カープが勝つことをこんなに喜ぶ自分にも驚いた。優勝が決まった試合は、家で泣きながら観てしまったし……祖父もこんな感じだったのかな……。

そんなことを考えていたら、遠くからすごい歓声が聞こえてきた！

「キャーーーーーーーー！」

パレードが近づき、二階建てバスが見えた。選手が笑顔で手を振っている！

「ありがとー！　ありがとー！」

御礼の声援と黄色い悲鳴が響き渡る！　赤いユニフォーム姿の観衆が必死に手を振る。しかし、私が大好きな黒田選手と新井選手の姿が見当たらない。

「黒田は？　新井は？」

すると、となりのお兄さんが、

「オープンカーに乗っとるけん、低くて見えんじゃろ」

と、持っている一眼レフカメラの液晶画面を見るようにすすめてくれた。前の人の頭が入らないように、お兄さんが高く手を伸ばして撮影している。その画面に、オープンカーが映っている。

「黒田だ！」

背の低い私には、人垣に隠れて見えなかったのだ。パレードのスピードが速く、あっという間に画面の黒田が大きくなって、そして去って行ってしまった。

「見えましたかね」

お兄さんがにこっと笑った。

この場所に居られて本当によかった。

二〇一六年は、最高に赤い年になった。

ほっとここ

小説の書き出しのような赤とんぼ
踏切の前にイナゴとふたりきり
まくわうりだれかとぬるいみずのなか

バッタだし踏んだり蹴ったりその後跳んだり
表情がないと言われてとんぼつり
手をつなぐことさえできず猫じゃらし

ただ橋を渡るそれから墓参り

好きなのか確認したくなる夜長

しかえしになすのおいしいおみそしる

デザートはももだももこのあえてもも
また手術しちゃった秋の空きれい
待ち合わせ場所に漂う海月かな

幸せを売って時間をかたつむり

ホットココア紙コップでは飲まないで

秋風と簡易ベッドくらいの優しさ

朝日新聞「あるきだす言葉たち」二〇一四年十月二十一日掲載

私の十句

いろはから出逢いにほへと初句会

出逢うという言葉がすきです。高校生の頃、音楽座ミュージカル「星の王子さま」の台詞に大感激して以来ですが、二十年以上経った今、どんな台詞だったかは思い出せません……残念。

俳句をしていてうれしいのは、年齢、性別、職種、生活スタイルをこえた多様な人と出逢えること。この句は私が主宰している「いろは句会」に出した新年の挨拶句です。句会のメンバーは、私以外、普段俳句を作らない人たちです。だからこその新鮮な発想が飛び交い、交流の輪も広がります。

十数年前、初めて船団の東京句会に出たとき、池田澄子さんが挨拶句を出されていました。私は挨拶句という存在自体を初めて知り、そのかっこよさに感激。以来、いつか作ってみたいなあと思っていたのが、形になりました。

マフラーに歌編みこんで佐渡島

　SNS上で、エムグラムという性格診断が流行っているそうです。私もやるようにすすめられ、性格診断の結果が「一匹狼」「協調性がない」「頭の回転速すぎ」「共感力が高い」と出てきました。

　友人に言わせるとあたっているようです。こんな性格の私につきあってくれている友人は個性豊かな方ばかりです。友人と食事をすると面白いエピソードが満載で、その日の夜はたいてい強烈な夢をみます。

　共感力が高すぎるのか、周りの感情にのみ込まれて、必要以上に気持ちが振り回されてしまい、困りものです。そんなマイナス面も、俳句にとっては、たぶん、プラスに働いています。強烈な友達に会った次の日は、俳句が無意識層からぽこっと浮きでてくるようなのです。自分でもよくわからない句なので、実力派ぞろいの句会で評価してもらいます。だいたいは失敗しますが、これは船団の東京句会でほめていただきました。

いかにこめつめてるははのちいさなて

祖母の遺品整理をしに広島に帰省しました。誰もいないがらんとした一軒家は、かつて祖母が住んでいた家とは思えませんでした。

祖母が亡くなってから、着物を着るようになった私は、祖母の家から大量の着物を持って帰ることに。祖母の家にあった着物や伯母たちや母が持っている着物も全部、祖母が仕立てたものと初めて知りました。

伯母からも着物を譲ってもらいました。

「この大島紬はおばあちゃんが着ていたのを、私が着られるように仕立て直してもらったんよ。まさか、孫の直ちゃんが着てくれるとは、思いもせんかったわ。おばあちゃん、あっちでうれしかろう」

祖母は和裁と洋裁、母は洋裁ができるため、私は子どもの頃からジーパンくらいしか服を買ったことがありません。着物を着るたびに、背中を丸くして、ちくちく生地を縫っていた祖母の姿を思い出します。

とろろ汁音なくすする娘の彼氏

今、一番おもしろくはまっている句会があります。平均年齢が七十歳くらいなのかしら？　神奈川在住の多才・奇才の御大がそろった句会です。鎌倉駅から五分の会場まで歩くのもようやっとという参加者ばかりですが、句会がはじまると最高のエンターテイメントが繰り広げられます。

最も衝撃だったのは、すべての句の解釈を、下ネタにしてしまう御大がいたこと！　ユーモアと教養にあふれた下ネタに、感心するやら、爆笑するやら……ありえない句の解釈に絶句して脱帽しました。

今まで知らなかった昭和の風俗や芸能についても勉強できるのが面白いです。新珠三千代（この句会で初めて知りました）ファンで上品な下ネタ解釈の御大にとっていただくことを目標に作り、「こりゃいいよ、直美ちゃん」と言われた句です。

わたしから記憶を盗み出すさくら

お花見マニアの私は、開花予想がではじめると、そわそわして気が気ではありません。仕事の予定をにらみながら、いつ、どこへ、誰と行くのか、何回もシミュレーションします。二〇一八年は早く満開になったので、慌ててお花見の予定を繰り上げました！

お花見がすきすぎて、桜の句を作ることが多いです。私らしい一句と言われることの多い「どの道もさくさくさくらミルフィーユ」も転職した会社で仲良くなった後輩の女の子と、会社帰りに千鳥ケ淵に行ったときに作った句です。散りはじめた桜の花びらを踏みしめた感触が句になりました。

最近は、今年どこに行ったかまでは覚えていられるのですが、去年どこに行ったかは、ついに思い出せなくなりました。お花見に行き過ぎなのか、年齢のせいなのかは……。

チューリップ咲いたところが分岐点

「おばあちゃんが焼夷弾にあたっとったら、あんたは生まれとらんのよ」

祖母の暮らした広島県呉市は、海軍と造船の町だ。

子どものころ、夏休みが始まったらすぐに祖母の家に帰省した。八月六日は、平和祈念式典をテレビで一緒に見ながらいろいろな話をしてくれた。私が覚えていることは、雨のように降ってきた焼夷弾の話。弟は、空爆の翌日、魚がたくさん海に浮いていたので祖父がとってきて食べたという話。私は全く覚えていないが、食に興味のある弟はそこしか覚えていないらしい。

二〇一六年夏に公開された映画『この世界の片隅に』は、祖母の戦時中の話を見事に描いている。いくつもの偶然が重なって、祖父母が生き延び、母が生まれ、私がこの世にいることを思ったら涙がぼろぼろあふれて止まらなかった。

ヒロインの声を担当したのん（『あまちゃん』の能年玲奈）の呉弁の流暢さにも感動。亡くなった祖母がこの映画をみたら、なんと言うだろう。

日光の町ごと滝を浴びている

知人に青春きっぷをもらったので、お盆休みに日帰り旅をすることに。十八きっぷを使うにはかなり遠くまでいかないと元が取れないということに気づき、日光東照宮を目的地とする。宇都宮駅からＪＲ日光線に乗り換えると、車中には外国人観光客がぎっしり。ヨーロッパの国際空港を降りて電車に乗ったかのよう。一時間ほど揺られて駅につくと、ありえないほどの土砂降り！　ちょうど来たバスに乗ろうとすると、運転手さんが「渋滞だから、東照宮まで三時間かかるよ」仕方なく、土砂降りのなかをひたすら歩く。びちょびちょの靴と服で寒さに震えながら、神橋をすぎ参道の石段を登る。やっとついた！　と思ったら、拝観券を買うための長蛇の列と、境内に入るための長蛇の列が。

もう嫌！　小学六年の修学旅行でみたからいい！　滝のような雨の中、日光駅に戻ると、一時間に一本の電車が出た直後だった……ホームのベンチで爆睡し、電車で三時間半爆睡し、十時に家にたどりついた。

バリウムで五回転半年明ける

十二月は恐ろしい月だ。昨年はひどい目にあった。恐ろしく美人なのに、とんでもなく冷たい女性検査技師に身も心もボロボロにされた。胃のX線検査、あのバリウムである。頑張ったのに、飲み方が下手だと怒られ、バリウムを二回も飲まされたのだ！　あっという間に一年経ってしまった。今年は同僚の「去年とは別の人。優しい男性技師です」との情報にやや安堵。優しい物腰の技師から薬品を手渡される。発泡剤がしゅわしゅわ口の中で広がり、バリウムが喉を通らない！　私がおえおえしていると「ごっくん、ごっくんですよ〜」とお経のように唱えてくる。ようやく飲み終わり、寝台の上で右回りに三回回ると「足りないから、もう一度回りましょ〜ごろごろ〜」。目が回って気持ち悪くなり、げっぷが出てしまった。「あら〜お腹引っ込んできちゃったから、もう一度発泡剤を飲みましょ〜」「えーーーーー！」

もう無理ですと言ったのに、彼が満面の笑みで二杯目を持ってきた。

なんでも醤油二周の彼の春

句会で知り合った方のご縁で、ゲスト講師として大学で句会をする機会があります。大学生は二十名くらい。ひとり二句を出してそれぞれ意見や感想を話していきます。生まれて初めて俳句を作ったという学生さんが多いので、とにかく楽しんでもらいたいと思って句会をしています。

私自身の裏テーマは、「自分が作る恋愛の句が今どきの大学生に通用するか」です。自分の恋愛の句が大学生に通用しなくなる日が来たら……と考えるだけですでに大ショック！　そのため、必要以上に一生懸命作ってしまう自分が悲しいです。

先日の句会では、自分でも楽しく作れて点が入りました！　数名の女子大生が「こんな男の人います！」と盛り上がり、安堵しました。立場上、教える側なのですが、学生さんの感想を聞きながら、こちらも勉強させていただいている感じです。また次の句会でも、恋愛の句を作りたいと思います。

八月の終電はみな広島へ

小学五年生の時、ＰＴＡ役員をしていた母がえらく憤慨して帰ってきました。夏休み映画上映会で『はだしのゲン』を推薦したら、そんな気持ち悪いものを子どもにみせるなんて、おかしいと反対されたとのことでした。広島では平和教育として当然子どもにみせるべき映画が、東京では大反対にあったのでした。

祖父母・両親ともに広島出身のため、私は子どもの頃から戦争の話が身近にありました。お盆に広島に帰省するとテレビは原爆特集ばかりで、祖母からも原爆の話をよく聞かされました。当時は怖くて眠れませんでした。

小学校の夏休み映画上映会は、母の熱意が通じたのか『はだしのゲン』に。しかし、被爆者が出るシーンになると、みちゃダメ！　と、親が子どもの目に手をあてていました。学校からの帰り道、東京はおかしいと母が怒っていました。普段はおとなしい母の本気を初めて知った夏でした。

あとがき

二〇一六年一月二十三日、京都での新年会の前に、坪内稔典先生と希望者が集まり「俳句とエッセー」の話を伺いました。編集の仕事をしている関係で、私がこのシリーズの表紙と本文レイアウトを担当することに。

著者としてもシリーズに名を連ねる予定ではあったのですが、なかなかまとまらず……。一冊目刊行から、本が届くたびに帯の裏をチラッとみて心がずどんと重くなっていました。「続刊予定　紀本直美」と名前が入っていたからです。

遅くなりましたが、ようやくまとまりました。

俳句は、第一句集『さくさくさくらミルフィーユ』刊行後の二〇一三年からの作品を収録しました。

坪内先生、船団の皆さん、句会で出逢った多くの方のご縁に恵まれたからこそできた一冊です。心より感謝申し上げます。

また、シリーズのデザインをしてくださった岩月美帆さん、編集の辻永泰明さん、創風社出版の大早直美さんにも御礼申し上げます。

ありがとうございました。

紀本直美

二〇一八年七月吉日

著者略歴
紀本　直美（きもと なおみ）
1977年、広島県呉市生まれ。
早稲田大学文学部卒業。「船団の会」会員。
俳句集『さくさくさくらミルフィーユ』（創風社出版）。
「紀本直美の俳句ブログ」
https://kimotonao.exblog.jp/
ツイッター
https://twitter.com/kimotonaomi

俳句とエッセー　八月の終電
2018年8月30日 発 行　定価＊本体1400円＋税
著　者　紀本　直美
発行者　大早　友章
発行所　創風社出版
〒791-8068 愛媛県松山市みどりヶ丘９－８
TEL.089-953-3153 FAX.089-953-3103
振替 01630-7-14660 http://www.soufusha.jp/
印刷　㈱松栄印刷所　　製本　㈱永木製本

ISBN 978-4-86037-260-6